Analyse de l'œuvre

Par Noémi Pineau et Lucile Lhoste

Manon Lescaut

de L'Abbé Prévost

lePetitLittéraire.fr

Rendez-vous sur lepetitlitteraire.fr et découvrez :

Plus de 1200 analyses
Claires et synthétiques
Téléchargeables en 30 secondes
À imprimer chez soi

L'ABBÉ PRÉVOST

ÉCRIVAIN FRANÇAIS

- **Né en 1697 à Hesdin (France)**
- **Décédé en 1763 près de Chantilly**
- **Quelques-unes de ses œuvres :**
  - *Mémoires et aventures d'un homme de qualité* (1728-1731), roman
  - *Cleveland ou le Philosophe anglais* (1731-1739), récit de voyage
  - *Histoire d'une Grecque moderne* (1741), roman

Antoine François Prévost, fils d'un conseiller du roi, est né en 1697 en Artois. Il est scolarisé à l'école des jésuites, qu'il quitte trois fois pour s'engager dans l'armée puis finalement renoncer. Une déception amoureuse semble être à l'origine de sa retraite en 1721 chez les bénédictins. Il y entreprend la rédaction des *Mémoires et aventures d'un homme de qualité* puis fuit en Angleterre. Précepteur épris de la fille de son employeur, il émigre en Hollande en 1731 et achève *Manon Lescaut*. Après un deuxième séjour en Angleterre et une nouvelle déception amoureuse, il rentre ruiné en France en 1734 grâce au pardon du pape Clément XII (1652-1740). Il publie alors *Cleveland ou le Philosophe anglais*. Devenu l'aumônier du prince de Conti, il meurt en 1763.

MANON LESCAUT

UNE ŒUVRE AU PARFUM DE SCANDALE

- **Genre :** roman
- **Édition de référence :** *Manon Lescaut*, Paris, Gallimard, 1972, 250 p.
- **1ʳᵉ édition :** 1731
- **Thématiques :** passion, déraison, vice, aliénation, religion

Ce roman, publié en 1731 sous le titre *Histoire du chevalier Des Grieux et de Manon Lescaut*, puis dans une version modifiée par l'abbé Prévost en 1753, est aujourd'hui sa seule œuvre encore connue. Sa parution et sa réception ont été entourées de scandale, dans la mesure où l'amour de l'homme et l'amour de Dieu sont à plusieurs reprises placés sur le même plan. Le roman sera par ailleurs censuré en 1733.

L'œuvre se présente sous la forme d'un récit enchâssé dans un autre. Le narrateur dit avoir rencontré le chevalier Des Grieux dans un village. Celui-ci suit à distance sa bienaimée, Manon Lescaut, qui se trouve enchainée avec d'autres filles de mauvaise vie devant être exilées en Amérique. Le chevalier raconte leurs amours malheureuses au narrateur. Le roman met en relation l'amour, la religion, la morale et leurs valeurs respectives.

RÉSUMÉ

INTRODUCTION

Le narrateur justifie son récit, qu'il conçoit comme un traité de morale.

LIVRE PREMIER

Le narrateur rencontre Manon Lescaut durant un voyage d'affaires. Elle fait partie d'un groupe de femmes débauchées qui doivent être envoyées en Amérique. Il aide le jeune homme qui la suit et qui en est amoureux en payant les gardes pour qu'il puisse parler à sa bienaimée.

Deux ans plus tard, le narrateur rencontre à nouveau ce jeune homme, qui lui fait le récit de ses amours avec Manon Lescaut.

Le chevalier Des Grieux tombe amoureux de Manon à 17 ans. Ils s'enfuient à Paris malgré les tentatives de Tiberge, le meilleur ami du jeune homme, pour les raisonner. Par la suite, Des Grieux découvre par hasard que Manon reçoit un homme en cachette chez eux en échange d'argent. Il est kidnappé par son frère et des valets de son père qui le forcent à rentrer chez ce dernier. On lui apprend que c'est Manon qui l'a livré : son amant et elle ont fourni les renseignements qui ont permis sa capture. Des Grieux ne sait qui croire et oscille entre haine et amour. Tiberge lui conseille la voie de la vertu. Il se tourne alors vers la religion, devient abbé et passe un an à Paris sans se préoccuper de Manon. Mais lorsque celle-ci entend parler d'une de ses soutenances publiques, elle saisit l'occasion pour venir lui parler. Il est bouleversé et tombe à nouveau dans ses bras. Il est cependant effrayé par leur passion et pressent son malheur.

Le couple s'installe dans une maison aux environs de Paris et loue rapidement un deuxième logement en ville. Le frère de Manon profite d'eux financièrement, puis leurs économies sont volées à l'occasion de l'incendie de leur maison.

Tiberge aide son ami, tout en le mettant en garde. Des Grieux retrouve sa richesse en trichant, sur les conseils du frère de Manon. Mais son valet et la femme de chambre de Manon les volent et s'enfuient. Poussée par son frère, Manon décide de se prostituer. Elle persuade l'homme qui la paie pour ses services, M. de G… M…, de lui louer une maison et de se montrer généreux. Elle lui fait ensuite croire que Des Grieux est son jeune frère et qu'elle souhaite le faire venir auprès d'elle. Le chevalier la rejoint alors dans la maison et les amants prennent la fuite avec l'argent donné à Manon par M. de G… M… en prévision de ses grâces. Ils sont cependant arrêtés : Des Grieux est envoyé dans une maison de redressement religieuse et Manon dans une maison pour filles de mauvaise vie, l'Hôpital général.

Des Grieux feint la repentance pour être libéré, mais quand M. de G… M… lui apprend où est Manon, il tente de l'étrangler. Le frère de Manon lui fait passer un pistolet avec lequel il menace le père supérieur et tue un des domestiques pour fuir. Le fils d'un des directeurs de l'Hôpital, M. de T , se laisse convaincre de l'aider et lui permet de rendre visite à Manon. Il parvient, grâce à la complicité d'un garde, à la faire échapper. Le frère de Manon est abattu par un homme qu'il avait dépouillé au jeu. Les amants fuient dans une auberge dans les environs de Paris. Des Grieux obtient l'aide financière de Tiberge et tente d'obtenir de l'argent de son père en l'assurant de ses regrets dans une lettre. Il se rend ensuite chez M. de T., qui l'aide, puis retourne avec lui à l'auberge où est restée Manon.

LIVRE SECOND

Le couple se lie avec le fils de M. de G... M... Mais M. de T... informe Des Grieux que le fils de M. de G... M... veut séduire Manon en lui offrant une pension importante. Des Grieux prévient Manon qui décide d'escroquer le jeune homme pour se venger de son père. Toutefois, Manon ne parvient pas à lui soutirer de l'argent sans lui accorder la moindre faveur. Elle reste donc chez lui au lieu de rejoindre Des Grieux. Lorsque ce dernier parvient à la voir, elle se montre joyeuse et nullement consciente de sa trahison. Bien que blessé, il lui pardonne.

Manon insiste pour que le chevalier fasse capturer le jeune noble afin qu'ils puissent tous deux passer la nuit chez lui. Des Grieux accepte malgré un mauvais pressentiment. Mais le serviteur du jeune G... M... est témoin de l'enlèvement de ce dernier et fait prévenir son père. M. de G... M... se rend alors chez son fils et y trouve les amants qu'il fait arrêter et envoyer à la prison du Châtelet. Le père de Des Grieux rend visite à son fils en prison et prend pitié de lui. Il persuade M. de G... M... de le laisser sortir, mais ils conviennent ensemble d'exiler Manon en Amérique. Des Grieux père et fils se brouillent à ce sujet.

Des Grieux paie des hommes pour enlever Manon, mais une partie d'entre eux l'abandonne. Il demande donc aux gardes de Manon l'autorisation de l'accompagner. Après avoir dépensé tout son argent pour payer ses entrevues avec Manon, il rencontre le narrateur, qui l'aide. Il poste une lettre pour Tiberge et embarque avec Manon.

Les amants arrivent en Amérique dans une contrée pauvre et sauvage. Ils feignent d'être mariés et s'installent ensemble. Ils avouent leur situation au gouverneur pour qu'il les marie. Celui-ci, après avoir consenti à leur union, décide finalement d'offrir Manon à son neveu, M. Synnelet. Des Grieux et Synnelet se battent, et ce dernier est tué. Les amants fuient alors dans l'arrière-pays, mais les conditions de vie sont trop rudes pour Manon qui meurt dès le lendemain.

Synnelet n'était en réalité pas mort, et Des Grieux est gracié après avoir été accusé de la mort de Manon. Il se tourne vers la religion qui permet sa rédemption et retrouve Tiberge lors de son voyage pour rentrer en France. Son père est mort (rendant impossible un retour du fils prodigue), mais son frère est prêt à l'accueillir.

ÉTUDE DES PERSONNAGES

LE NARRATEUR

Le narrateur, un riche gentilhomme d'âge moyen, rend compte du récit du chevalier Des Grieux en insistant sur le fait qu'il ne l'a pas modifié.

Le narrateur fait référence à ses Mémoires dans lesquelles il n'a pas souhaité inclure ce récit. Or Prévost a rédigé ses *Mémoires d'un homme de qualité* avant *Manon Lescaut*. Cette remarque permet donc d'établir un petit rapprochement entre Prévost lui-même et le narrateur.

Il présente le récit de Des Grieux comme un traité de morale. Le fait qu'il n'ait pas vécu ces aventures et mette le récit dans la bouche d'un jeune homme en disant l'aborder du point de vue de la morale lui permet de se protéger de l'opprobre.

LE CHEVALIER DES GRIEUX

Jeune homme noble de bonne famille au physique agréable, le chevalier Des Grieux réussit avec succès ses études et est destiné par sa famille à l'ordre de Malte. Mais, dès sa première rencontre avec Manon, il est totalement dominé par la passion. Malgré ses bonnes résolutions et les torts que la jeune fille lui cause, il perd toute volonté à chaque fois qu'il la voit. Il la pense pure et innocente. Il met en outre sur le même plan ses souffrances amoureuses et celles que la religion inflige aux mystiques, ce qui a causé un grand scandale à la parution du roman

Il se montre très dépensier et inconstant, passant d'un projet à l'autre en oubliant tout du précédent. La passion amoureuse conduit le chevalier à mal agir. Conscient de cela, il s'interroge : « Nous avons reçu de l'esprit, du goût, des sentiments. Hélas ! Quel triste usage en faisons-nous ? » (p. 176) Il prévoit fréquemment les malheurs à venir, ce qui ne suffit pourtant pas à lui faire emprunter le bon chemin : « Je cédai à ses instances, malgré les mouvements secrets de mon cœur qui semblaient me présager une catastrophe malheureuse. » (p. 169)

Cependant, Des Grieux considère fréquemment qu'il n'a pas réellement mal agi et relativise ses actions : « Comme il n'y avait rien après tout qui pût me déshonorer absolument, du moins en la mesurant sur celle des jeunes gens d'un certain monde, et qu'une maîtresse entretenue ne passe point pour une infamie dans le siècle où nous sommes, non plus qu'un peu d'adresse à s'attirer la fortune du jeu, je fis sincèrement à mon père le détail de la vie que j'avais menée. » (p. 180-181)

Il justifie en outre ses mauvaises actions dans la mesure où celles-ci servent son amour pour Manon. Il se sent plutôt le jouet d'un destin injuste qui veut le punir. À la fin du récit, il dit : « Mais le Ciel après m'avoir poursuivi avec tant de rigueur, avait dessein de me rendre utiles mes malheurs et ses châtiments. [...] J'étais résolu de retourner dans ma patrie pour y réparer par une vie sage et régulière le scandale de ma conduite passée. » (p. 214-215)

Il représente l'homme incapable de dédier sa vie à la religion ou à la raison, préférant suivre tout entier sa passion.

MANON LESCAUT

Manon Lescaut apparait comme douce et charmante au début du récit. Elle est en chemin pour un couvent dans lequel l'envoient ses parents. Toutefois, dès le début de ses amours avec Des Grieux, elle se montre dépensière : elle ne peut se passer d'un train de vie fait de sorties onéreuses, de belles toilettes et de repas fins. C'est la raison pour laquelle, les premières difficultés financières rencontrées, elle est amenée à se prostituer auprès d'un gentilhomme plus aisé. Même Des Grieux se montre lucide sur son incapacité à concurrencer un homme plus riche et déclare qu'il la quittera s'il est ruiné. Elle souhaite une vie faite uniquement de plaisirs et se montre irresponsable et incapable de gérer l'argent. Elle représente donc la femme légère et frivole, et semble par moments dénuée de toute autorité morale, ce qui conduit le chevalier à la décrire comme innocente.

À la fin du récit cependant, elle semble réaliser son erreur, faisant figure de Madeleine repentie :

> « J'ai été légère et volage ; et même en vous aimant éperdument comme j'ai toujours fait, je n'étais qu'une ingrate. Mais vous ne sauriez croire combien je suis changée. Mes larmes que vous avez vu couler si souvent depuis notre départ de France, n'ont pas eu une seule fois mes malheurs pour objet. [...] Je n'ai pleuré que de tendresse et de compassion pour vous. » (p. 202)

Malgré leur pauvreté dans leur exil, les amants vivent une période de bonheur à laquelle la société met fin en empêchant leur mariage et en causant leur chute.

TIBERGE

Tiberge est le meilleur ami du chevalier Des Grieux, plus âgé que lui de trois ans. Ils ont été élevés ensemble, mais la famille de Tiberge est pauvre, ce qui l'oblige à devenir ecclésiastique. Il révèle à Des Grieux qu'il a fait l'expérience de la passion, mais qu'il a choisi la vertu. À la fois guidé par la raison et par la religion, il est l'exemple même du chrétien accompli.

Il fait preuve de modestie, est constant et d'une fidélité sans limites au chevalier. À chacune de ses nouvelles mésaventures, il se montre compatissant et le prend en pitié. Même s'il lui fait des sermons, il propose toujours son aide à son ami, le pardonne à chaque mauvaise action et à chaque tromperie. Il aide également financièrement le chevalier Des Grieux après la mort du frère de Manon et, même après toutes ses mésaventures, ne tourne pas le dos à son ami lorsqu'il le retrouve après son retour en France.

M. DES GRIEUX

M. Des Grieux représente l'homme d'expérience. Se montrant toujours pragmatique, il destine à l'origine son fils aux ordres, mais propose de le marier quand il prend conscience de son intérêt pour Manon. Il finira toutefois, après plusieurs écarts de son fils, par décider d'un accord commun avec M. de G... M... (dont le fils a été escroqué par les deux amants) d'exiler Manon en Amérique, ce qui provoque une brouille entre le père et le fils.

Il représente le symbole de l'autorité. Le chevalier fait

toujours preuve de respect à son encontre et ne remet pas directement son opinion en question. Mais M. Des Grieux ne parvient pas, malgré ses réprimandes, à détourner le chevalier de Manon et de ses entreprises hasardeuses.

Il décède lors du séjour de son fils en Amérique et n'assiste donc pas à sa rédemption.

LESCAUT

Lescaut est le frère de Manon. Il ne possède aucune morale. Venu rendre visite à sa sœur pour la réprimander quant à son comportement avec le chevalier, il fait ensuite le choix stratégique de rester auprès d'eux pour profiter de leur fortune, précipitant ainsi leur perte. Il conseille ensuite à Manon de se prostituer auprès d'un gentilhomme riche pour éponger leurs dettes. Lorsque le chevalier lui demande son aide, il le pousse à tricher au jeu, puis à soutenir les escroqueries de son amante.

Tout comme le couple d'amants, il est puni par le destin : une connaissance qu'il a dépouillée au jeu en trichant l'abat en pleine rue.

CLÉS DE LECTURE

DES ALLUSIONS AUTOBIOGRAPHIQUES

Le personnage du chevalier Des Grieux présente de nombreuses similitudes avec l'auteur lui-même, en particulier en ce qui concerne ses expériences amoureuses et son rapport à la religion catholique. Le narrateur peut également être relié à Prévost, dans le sens où il explique ne pas avoir voulu intégrer l'histoire de Des Grieux à ses *Mémoires* (ceux de l'abbé ont été écrits avant *Manon Lescaut*).

Le rapport de Prévost aux femmes se trouve déterminé à ses débuts par les décès de sa sœur (dont il était très proche) ainsi que de sa mère en 1711. Il semblerait aussi qu'un conflit important avec son père éclate à son adolescence (à l'âge de 16 ans) à cause d'une maitresse. Une déception amoureuse qu'il évoque dans son périodique *Le Pour et le Contre* (« engagement trop tendre ») le fait ensuite se tourner vers une retraite religieuse en 1720 : il se retire chez les bénédictins et devient dom Prévost. Plus tard, il s'éprend de la fille de Sir John Eyles pour lequel il travaille comme précepteur. Il doit fuir en Hollande en 1730 et, là-bas, vit une autre aventure avec Lenki Eckhardt qui participera à sa ruine financière.

PASSION, RAISON, BIEN

La thématique au centre de ce roman est l'équilibre entre les diverses tendances humaines et la difficulté de l'être à trouver et à faire le bien. Il s'agit à la fois d'une réflexion philosophique et religieuse. Le chevalier Des Grieux constate lui-même, dès le début du récit, le caractère inconciliable pour lui et pour Manon de leurs supposées vertus et de leur tendance à perpétrer de mauvaises actions. Leur comportement sous-entend que, pour Des Grieux, rien ne résiste à la passion amoureuse. Malgré ses vertus, la passion le pousse toujours à faire le mauvais choix, même s'il pressent parfois les malheurs que cela entrainera.

Les deux personnages principaux font écho, en cela, à la conception de l'être humain de Nicolas Malebranche (philosophe français, 1638-1715) selon laquelle l'homme est irrésistiblement poussé à chercher son bonheur. C'est le cas de tous les personnages du roman, mais le couple d'amants, dans cette quête, agit trop mal pour atteindre ce qu'il pense être le bonheur, à savoir la vie commune dans des conditions financières favorables. Leur recherche du bonheur est ainsi à l'origine même de leur difficulté à trouver et à accomplir le bien. La passion balaie également tous les arguments de la raison, de la morale ou de la religion. Même bien intentionné, l'homme aveuglé peut ainsi mal agir et se perdre.

Les deux issues proposées par le roman sont un retour à la religion ou la mort. L'intervention de l'ordre social – représenté par le père, Tiberge ou encore le père supérieur de la première prison – ne parvient pas à provoquer un retour dans le droit chemin. L'amour est d'ailleurs assimilé dès le début du récit à une forme de folie. Les amants sont caractérisés par le narrateur et se caractérisent eux-mêmes comme foncièrement innocents : ils savent ce qu'est le bien, mais ne reconnaissent pas toujours le mal et sont incapables d'y résister.

LA PASSION AMOUREUSE

S'il est une thématique qui traverse également tout le roman, c'est celle de l'amour passionnel qui lie Manon et Des Grieux. Leur amour leur donne des ailes et les pousse à rechercher à tout prix un bonheur commun. C'est pourquoi il représente une valeur positive.

Cette valeur est cependant également celle qui sert de socle à la transgression des limites opérée par Des Grieux :

- il fuit Amiens (la ville où il poursuit ses études) par amour, alors qu'il est y bien considéré et qu'il peut entrevoir un brillant avenir religieux ;
- il enfreint la loi et fuit la justice à plusieurs reprises, toujours guidé par son amour pour Manon ;
- il franchit également diverses limites géographiques (jusqu'à changer de continent) pour suivre sa bienaimée.

C'est son amour pour Manon qui le conduit à sa perte : il quitte le séminaire, est incarcéré à la prison de Saint-Lazare, tue et perd sa réputation, le tout entièrement guidé par ses sentiments. Il perd finalement l'objet de son amour, car Manon meurt en Amérique. Seuls, Des Grieux et Manon connaissent un amour parfait, quoique profane. C'est lorsqu'ils doivent se confronter à la réalité sociale que les évènements tournent mal et que leur relation est mise à mal.

Un problème réside néanmoins dans cette relation : le récit de son amour étant raconté au narrateur par Des Grieux, il n'y a nul moyen d'affirmer que ce dernier relate bien la vérité. Rien ne permet donc d'accréditer le fait que son amour a bel et bien été partagé par Manon et que le chevalier est entièrement sincère dans ce qu'il raconte.

LA THÉMATIQUE DE LA RELIGION

La question religieuse se pose à travers le personnage de Des Grieux que Tiberge, en tant que garant de la religion, tente de ramener à la raison : destiné à une carrière ecclésiastique (au début du roman tout le monde, y compris le chevalier lui-même, ne voit pas comment il pourrait en être autrement), il est détourné de cet objectif par la passion dévorante qu'il éprouve pour Manon. Se croyant condamné au malheur durant une grande partie de l'intrigue, il obéit en ce sens à la doctrine janséniste.

Cette mouvance religieuse, présente aux XVIIe et XVIIIe siècles, repose sur la croyance que l'homme est voué au malheur et ne peut y échapper qu'en se dédiant au bien, la grâce n'étant accordée qu'aux prédestinés. Le jansénisme s'est opposé à plusieurs reprises au molinisme, une autre doctrine qui met en avant l'idée que chacun peut trouver le salut en choisissant le bien (et la vie qui s'ensuit). Dans le roman, Des Grieux aurait dû pouvoir non seulement choisir le bien, mais également bénéficier de la grâce consécutive à cet acte.

À maintes reprises, Des Grieux a eu l'occasion de tirer un trait sur sa passion pour Manon. Poussé par son ami Tiberge, qui lui affirme qu'il peut surmonter cette épreuve en faisant le bien (obéissant en ce sens au molinisme), il s'est également repenti une première fois en devenant abbé à Paris, avant le retour de Manon qui est fatal pour sa vertu. Engagé dans les ordres, il envisage un bonheur sans nuages. Mais à nouveau, l'ombre de Manon se profile et menace cet équilibre fragile. De fait, les convictions molinistes auxquelles Tiberge croit avoir fait adhérer son ami ne sont rien à côté de la passion, et Des Grieux retombe dans les bras de Manon dès qu'elle réapparait dans sa vie. Ce n'est qu'après sa mort qu'il se sent subitement touché par la grâce et qu'il est enfin prêt à réellement s'engager dans une voie divine. Cette conversion n'est toutefois due qu'à la grâce qu'il estime venir à lui, après avoir enfin réussi à se dédier sereinement à la religion et en menant une vie rangée, et non à une volonté délibérée de l'atteindre.

L'IMAGE DU LABYRINTHE

Sur le plan thématique, le labyrinthe est une image qui correspond parfaitement à la situation des deux protagonistes : tous deux sont pris dans le vertige de la passion amoureuse et ne parviennent pas à sortir des multiples situations néfastes qu'ils provoquent eux-mêmes. Cette idée de situation inextricable correspond à l'analyse que fait le chevalier de leur propre position. Il se voit en effet sous le coup d'une malédiction inexorable inscrite dans leur destin (*fatum*) et à laquelle ils ne peuvent échapper. Leur idylle s'achève ainsi par la mort de Manon.

Cette image du labyrinthe renvoie à une conception de l'existence marquée par le mystère et l'absence de contrôle. Le labyrinthe correspond par ailleurs à l'esthétique baroque qui marque ce roman et se caractérise principalement par :

- le désordre, l'irrégularité, la perte des repères (d'un point de vue thématique et textuel) ;
- la complexité de l'intrigue, la surcharge et le foisonnement (notamment en ce qui concerne les personnages et les lieux) ;
- une surabondance de figures de style (antithèses, anacoluthes, etc.) ;
- des images concrètes, crues, voire horribles.

Même si cette œuvre, contrairement à d'autres récits de Prévost, est centrée sur les deux personnages principaux, l'intrigue possède une complexité prononcée. Le récit, relativement court, fait intervenir un nombre élevé de personnages, et l'histoire en elle-même est complexe en raison des nombreuses entreprises du couple pour escroquer et manipuler leur entourage.

Le style de la narration est également baroque :

- les phrases sont tourmentées et sinueuses ;
- le récit, rédigé à postériori, retourne parfois en arrière ou se projette dans le futur ;
- le chevalier se contredit.

Cela fait évidemment écho à la passion tortueuse des deux amants. En outre, l'histoire se déroule toujours dans les mêmes lieux et l'on retrouve toujours les mêmes types de situation, l'intérêt du récit résidant dans les nuances entre les différentes répétitions. À l'image de prisonniers pris dans le labyrinthe de l'existence humaine, les personnages se trouvent dans un mouvement permanent fait de voyages et de déplacements incessants.

RÉCEPTION DE L'ŒUVRE

Dès sa première édition, *Manon Lescaut* suscite un grand scandale. En effet, Prévost met en relation dans ce texte l'amour pour une femme avec celui pour la sainteté. Aux yeux du chevalier Des Grieux, Manon est pure et innocente comme la Vierge. Le fait que Prévost place ce discours dans la bouche de ce personnage, et non dans celle du narrateur (qui, rappelons-le, se confond avec l'auteur), ne suffit pas à le protéger.

Dans la deuxième édition revue par Prévost, Des Grieux insiste bien moins sur le caractère religieux de son amour. En outre, l'éditeur considère que le style de la narration a perdu de sa spontanéité et a été « académisé » (p. 232). Mais surtout, alors même que, dans la première version, le narrateur se trouvait en retrait, il juge cette fois négativement la conduite de ses personnages et se place du côté des bienpensants. En témoigne cet ajout daté de 1753 qui insiste sur la responsabilité de Des Grieux dans la mort de son père : « [La triste nouvelle de la mort de mon père] à laquelle je tremble, avec trop de raison, que mes égarements n'aient contribué. » (p. 249)

Par ailleurs, le personnage de Manon a à ce point marqué les esprits que le récit, publié sous le nom d'*Histoire du chevalier Des Grieux et de Manon Lescaut*, est passé à la postérité en ne portant que le seul nom de son héroïne. Il est par conséquent tout à fait légitime d'affirmer que ce personnage a durablement marqué le paysage littéraire.

PISTES DE RÉFLEXION

QUELQUES QUESTIONS POUR APPROFONDIR SA RÉFLEXION...

- Commentez cette citation du chevalier :

  > « Ce fut dans ce moment que l'honneur et la vertu me firent sentir encore les pointes du remords, et je jetai les yeux en soupirant, vers Amiens, vers la maison de mon père, vers Saint-Sulpice, et vers tous les lieux où j'avais vécu dans l'innocence. Par quel espace immense n'étais-je pas séparé de cet heureux état ! Je ne le voyais que de loin, comme une ombre qui s'attirait encore mes regrets et les désirs, mais qui était trop faible pour exciter mes efforts. Par quelle fatalité, disais-je, suis-je devenu si criminel ? L'amour est une passion innocente ; comment s'est-il changé pour moi en une source de misères, et de désordres ? Qui m'empêchait de vivre tranquille, et vertueux avec Manon ? » (p. 100-101)

- Dans quelle mesure le roman peut-il être qualifié de tragédie ou de comédie ? Illustrez votre propos.
- Les notions de jeu et d'amusement occupent dans *Manon Lescaut* une place prépondérante. Illustrez cet état de fait par des exemples et mettez cet élément en relation avec le contexte historique dans lequel l'œuvre a vu le jour.
- Pour quelles raisons le chevalier ne parvient-il pas à bien agir et pourquoi une forme de repentance intervient-elle tout de même chez lui à l'issue du roman ?
- Dans quelle mesure le comportement de Tiberge se conforme-t-il à la foi chrétienne ?
- Dissertez à propos du sujet suivant : passion amoureuse

et réalité dans *Manon Lescaut*.

- D'après vous, Manon est-elle responsable de ses actes ? Justifiez.
- De quelle façon le style de Prévost sert-il la description de la passion amoureuse ?
- Dans quelle mesure le roman satisfait-il aux trois enjeux de la rhétorique : éduquer (*docere*), plaire (*delectare*) et émouvoir (*movere*) ?
- Quels éléments permettent de rapprocher l'intrigue de *Manon Lescaut* de la vie de l'auteur ?

Votre avis nous intéresse !
Laissez un commentaire sur le site de votre librairie en ligne
et partagez vos coups de cœur sur les réseaux sociaux !

POUR ALLER PLUS LOIN

ÉDITION DE RÉFÉRENCE

- Prévost A., *Manon Lescaut*, Paris, Gallimard, coll. « Folio Classique », 1972, 416 p.

ÉTUDES DE RÉFÉRENCE

- Allee J., « Analyse thématique de *Manon Lescaut et le Chevalier des Grieux* », in *Academia.edu*, consulté le 23 septembre 2016, http://www.academia.edu/27174325/Analyse_th%C3%A9matique_de_Manon_Lescaut_et_le_Chevalier_des_Grieux
- Beaumarchais J.-P, Couty D. et Rey A., *Dictionnaire des littératures de langue française*, 3e vol., Paris, Bordas, 1984.
- Loddegaard A., « Lecture janséniste de *Manon Lescaut* », in *Revue Romane*, 1990, consulté le 23 septembre 2016, https://tidsskrift.dk/index.php/revue_romane/article/view/11979/22796
- Turekova A., « Amour et limites ou amour sans limites dans *Manon Lescaut* », in *Revue sens public (université de Montréal)*, septembre 2006, consulté le 8 septembre 2016, http://www.sens-public.org/article325.html?lang=fr

ADAPTATIONS

L'histoire de Des Grieux et de Manon Lescaut a été adaptée de multiples fois, sous diverses formes artistiques, depuis le XIXe siècle. En 2016, la version de Giacomo Puccini (compositeur italien, 1858-1924), présentée pour la première fois en

1893, a la particularité notable d'être à la fois mise en scène sous la forme d'un opéra puis diffusée sous cette même forme dans des salles de cinéma.

SUR LEPETITLITTÉRAIRE.FR

- Commentaire sur la mort de Manon dans *Manon Lescaut* de l'Abbé Prévost.

L'éditeur veille à la fiabilité des informations publiées, lesquelles ne pourraient toutefois engager sa responsabilité.

www.lepetitlitteraire.fr/

ISBN version numérique : 978-2-8062-8677-2
ISBN version papier : 978-2-8062-8678-9
Dépôt légal : D/2016/12603/607

Avec la collaboration de Lucile Lhoste pour les chapitres « La passion amoureuse » et« La thématique religieuse ».

Conception numérique : Primento,
le partenaire numérique des éditeurs.

Ce titre a été réalisé avec le soutien de la Fédération Wallonie-Bruxelles, Service général des Lettres et du Livre.

Retrouvez notre offre complète sur lePetitLittéraire.fr

- des fiches de lectures
- des commentaires littéraires
- des questionnaires de lecture
- des résumés

ANOUILH
- Antigone

AUSTEN
- Orgueil et Préjugés

BALZAC
- Eugénie Grandet
- Le Père Goriot
- Illusions perdues

BARJAVEL
- La Nuit des temps

BEAUMARCHAIS
- Le Mariage de Figaro

BECKETT
- En attendant Godot

BRETON
- Nadja

CAMUS
- La Peste
- Les Justes
- L'Étranger

CARRÈRE
- Limonov

CÉLINE
- Voyage au bout de la nuit

CERVANTÈS
- Don Quichotte de la Manche

CHATEAUBRIAND
- Mémoires d'outre-tombe

CHODERLOS DE LACLOS
- Les Liaisons dangereuses

CHRÉTIEN DE TROYES
- Yvain ou le Chevalier au lion

CHRISTIE
- Dix Petits Nègres

CLAUDEL
- La Petite Fille de Monsieur Linh
- Le Rapport de Brodeck

COELHO
- L'Alchimiste

CONAN DOYLE
- Le Chien des Baskerville

DAI SIJIE
- Balzac et la Petite Tailleuse chinoise

DE GAULLE
- Mémoires de guerre III. Le Salut. 1944-1946

DE VIGAN
- No et moi

DICKER
- La Vérité sur l'affaire Harry Quebert

DIDEROT
- Supplément au Voyage de Bougainville

DUMAS
- Les Trois
  Mousquetaires

ÉNARD
- Parlez-leur
  de batailles,
  de rois et
  d'éléphants

FERRARI
- Le Sermon sur la
  chute de Rome

FLAUBERT
- Madame Bovary

FRANK
- Journal
  d'Anne Frank

FRED VARGAS
- Pars vite et
  reviens tard

GARY
- La Vie devant soi

GAUDÉ
- La Mort du
  roi Tsongor
- Le Soleil des
  Scorta

GAUTIER
- La Morte
  amoureuse
- Le Capitaine
  Fracasse

GAVALDA
- 35 kilos d'espoir

GIDE
- Les
  Faux-Monnayeurs

GIONO
- Le Grand
  Troupeau
- Le Hussard
  sur le toit

GIRAUDOUX
- La guerre de
  Troie
  n'aura pas lieu

GOLDING
- Sa Majesté des
  Mouches

GRIMBERT
- Un secret

HEMINGWAY
- Le Vieil Homme
  et la Mer

HESSEL
- Indignez-vous !

HOMÈRE
- L'Odyssée

HUGO
- Le Dernier Jour
  d'un condamné
- Les Misérables
- Notre-Dame
  de Paris

HUXLEY
- Le Meilleur
  des mondes

IONESCO
- Rhinocéros
- La Cantatrice
  chauve

JARY
- Ubu roi

JENNI
- L'Art français
  de la guerre

JOFFO
- Un sac de billes

KAFKA
- La Métamorphose

KEROUAC
- Sur la route

KESSEL
- Le Lion

LARSSON
- Millenium 1. Les
  hommes qui
  n'aimaient pas
  les femmes

LE CLÉZIO
- Mondo

LEVI
- Si c'est un
  homme

LEVY
- Et si c'était vrai…

MAALOUF
- Léon l'Africain

MALRAUX
- La Condition humaine

MARIVAUX
- La Double Inconstance
- Le Jeu de l'amour et du hasard

MARTINEZ
- Du domaine des murmures

MAUPASSANT
- Boule de suif
- Le Horla
- Une vie

MAURIAC
- Le Nœud de vipères

MAURIAC
- Le Sagouin

MÉRIMÉE
- Tamango
- Colomba

MERLE
- La mort est mon métier

MOLIÈRE
- Le Misanthrope
- L'Avare
- Le Bourgeois gentilhomme

MONTAIGNE
- Essais

MORPURGO
- Le Roi Arthur

MUSSET
- Lorenzaccio

MUSSO
- Que serais-je sans toi ?

NOTHOMB
- Stupeur et Tremblements

ORWELL
- La Ferme des animaux
- 1984

PAGNOL
- La Gloire de mon père

PANCOL
- Les Yeux jaunes des crocodiles

PASCAL
- Pensées

PENNAC
- Au bonheur des ogres

POE
- La Chute de la maison Usher

PROUST
- Du côté de chez Swann

QUENEAU
- Zazie dans le métro

QUIGNARD
- Tous les matins du monde

RABELAIS
- Gargantua

RACINE
- Andromaque
- Britannicus
- Phèdre

ROUSSEAU
- Confessions

ROSTAND
- Cyrano de Bergerac

ROWLING
- Harry Potter à l'école des sorciers

SAINT-EXUPÉRY
- Le Petit Prince
- Vol de nuit

SARTRE
- Huis clos
- La Nausée
- Les Mouches

SCHLINK
- Le Liseur

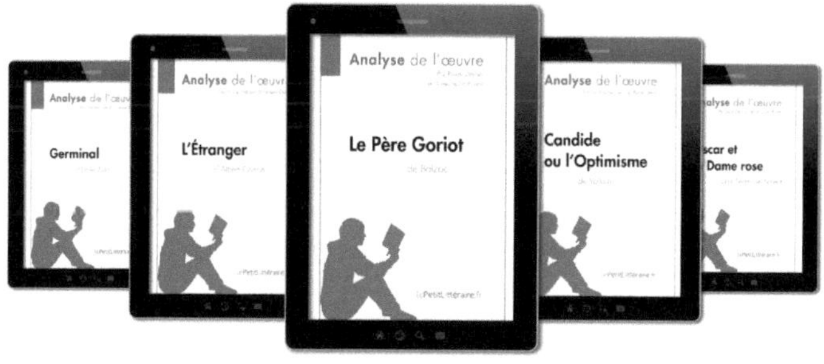

Analyse de l'œuvre
Germinal
Analyse de l'œuvre
L'Étranger
Analyse de l'œuvre
Le Père Goriot
de Balzac
Analyse de l'œuvre
Candide ou l'Optimisme
de Voltaire
Analyse de l'œuvre
Oscar et la Dame rose